MW00757410

por el doctor WAYNE W. DYER

con Kristina Tracy

¡Eres increíble!

10 formas de permitir que tu GRANDEZA brille a través de ti

ilustrado por Melanie Siegel

HAY HOUSE

HAY HOUSE, INC.
Carlsbad, California
London • Sydney • Johannesburg
Vancouver • Hong Kong • New Delhi

Publicado y distribuido en los Estados Unidos por: Hay House, Inc., P.O. Box 5100, Carlsbad, CA 92018-5100 USA • (760) 431-7695 o al (800) 654-5126 • (760) 431-6948 (fax) o al (800) 650-5115 (fax) • www.hayhouse.com®

Diseño: Jenny Richards • *Ilustraciones:* Melanie Siegel

Traducción al español: Paloma y Adriana Miniño (adriana@mincor.net)

Título del original en inglés: INCREDIBLE YOU! 10 ways to let your greatness shine through

ISBN: 978-1-4019-1700-5

Impresión #1: Enero 2007

Impreso en China

TARDE de PERROS en el Parque GUAU GUAU

#2 ENCUENTRA LAS COSAS QUE AMAS

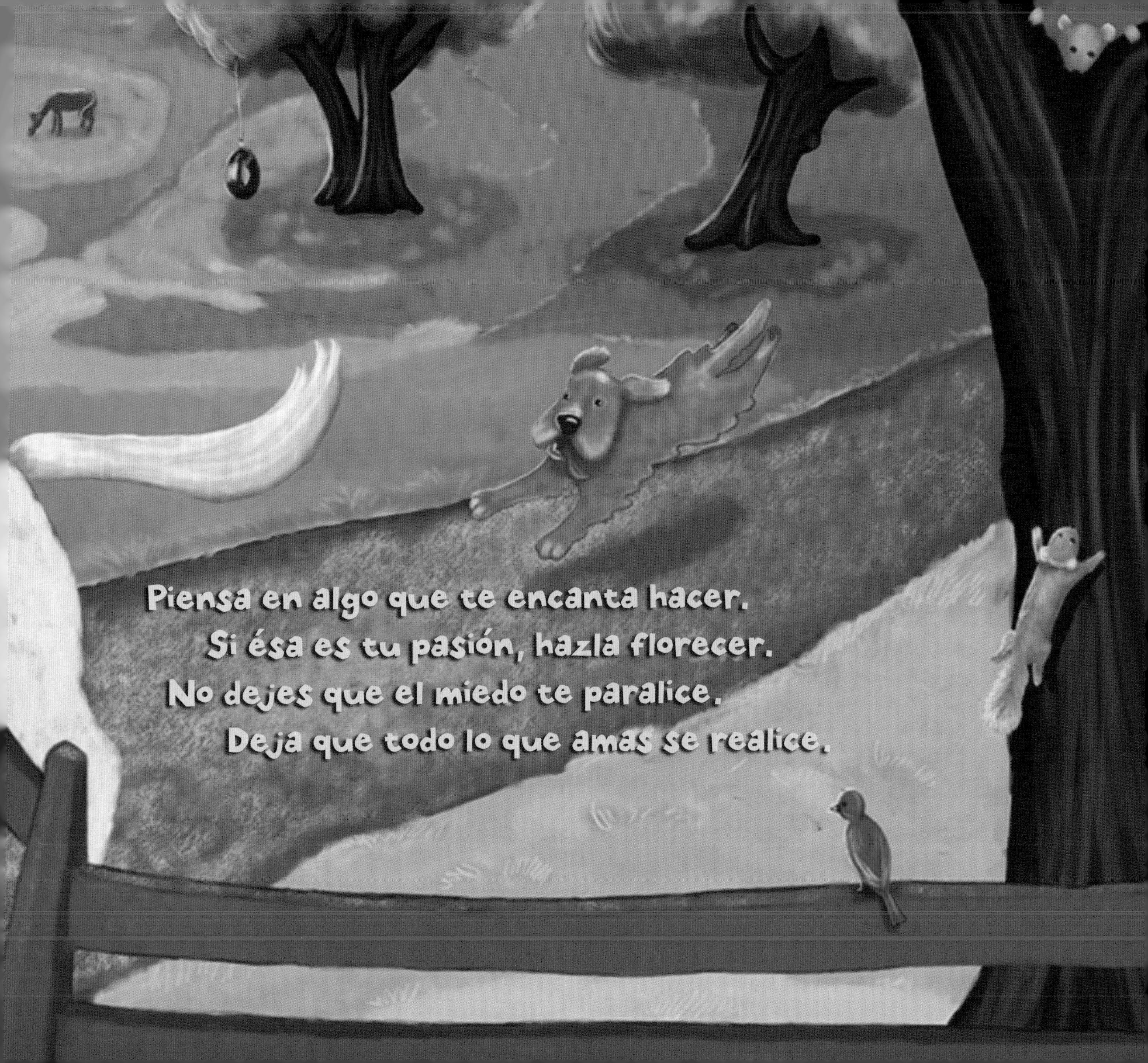

Piensa en algo que te encanta hacer.
Si ésa es tu pasión, hazla florecer.
No dejes que el miedo te paralice.
Deja que todo lo que amas se realice.

#3 ESTÁS LLENO DE AMOR

Un tarro de galletas mágico es tu corazón.
Busca en él amor y compasión.

Luego anda y reparte
todo ese amor puro.
Regresará a ti.
¡Te lo aseguro!

#4 ENCUENTRA UN LUGAR TRANQUILO EN TU INTERIOR

La vida a veces es muy ruidosa
y no puedes escuchar el aleteo de una mariposa.
Ve a un lugar callado en tu mente,
donde puedas distraerte
o esconderte.

1

#5 ¡HAZ QUE HOY SEA UN DÍA MARAVILLOSO!

Te han pasado ya muchas cosas en tu vida.
Por eso eres quien eres hoy en día.

Pero no te preocupes mucho
por el día de ayer.
Lo que importa es
lo que hoy vas a hacer.
Capitulo 5 Prueba mañana
Sobre el pájaro cantor
¡10 puntos!
LA MEJOR
ACTITUD

#6 CAMBIA TUS PENSAMIENTOS A POSITIVOS

Algunos problemas son grandes y otros son pequeños.
Pensar positivo te ayuda a resolverlos aun en tus sueños.

Puedes pedir ayuda cuando haya
algo que te moleste. Nunca te olvides
que Dios está siempre presente.

#7 CUÍDATE

Si algo o alguien te hace sentir dolor,
no eches a perder tu futuro con tristeza y rencor.
No permitas que te duela y cuídate más.
No puedes controlar lo que hagan o digan los demás.

#8 IMAGÍNATE LO QUE DESEAS

Imagínate que ya eres lo que quieres ser.
Dibuja en tu mente el cuadro que quieres ver.
Todo lo que quieres puede ser realidad.
Si lo crees de corazón, será tu verdad.

#9 EL AMOR NOS CONECTA

Hay algo en la Tierra que todos compartimos.
Es la fuente de bondad y amor que sentimos.
¿Cuál es este gran misterio en verdad?
¡Es Dios que nos conecta a todos en unidad!

#10 LOS PENSAMIENTOS BUENOS TE LLENAN DE ENERGÍA
¡NO PUEDO!
¡SOY TONTA!
¡TENGO MIEDO!

Pensar en cosas malas te desanima.
Pensar en cosas buenas te hace fuerte y te anima.
Cada día puedes escoger.
¡Decide ser feliz y lo vas a ser!
¡SÍ PUEDO!
¡SOY INTELIGENTE!
¡SOY VALIENTE!

¿Qué piensas?

Responde a las preguntas de las siguientes páginas para aprender a usar las ideas de este libro en tu propia vida. Si lo haces, ¡descubrirás lo maravilloso que eres!

P. Si algo o alguien te hace sentir mal, molesto o disgustado, ¿qué haces para sentirte mejor?

P. ¿Sueñas con vivir una gran aventura como, por ejemplo, domar a un león? ¿O con algo un poco menos arriesgado, como por ejemplo, ser un veterinario? Cierra tus ojos e imagínate que lo estás haciendo.

P. ¿Qué te hace sentir miedo o preocupación? ¿Cuáles son algunas de las palabras que te dices a ti mismo para superar tu miedo?

P. Todo el mundo necesita a veces pasar un tiempo solo. ¿A dónde vas cuando quieres estar en soledad? ¿Vas a tu habitación? ¿Te subes a un árbol? ¿O te sientas en una silla bonita y cómoda?

P. Si tienes un problema o algo te molesta, ¿con quién hablas? ¿con tu mamá o tu papá? ¿con tu perro? ¿con tu maestro?

P. Es importante que dejes un tiempo libre para hacer las cosas que amas hacer. ¿Hay algo que te apasione hacer? ¿Algo que te guste hacer más que todas las cosas del mundo?

P. ¿Cuáles son las cosas que has hecho que te hacen sentir extraordinario? ¿Has dibujado algo hermoso que te ha hecho sentir muy orgulloso? ¿Alguna vez te has ganado una medalla o un premio?

P. Todos somos especiales y únicos. ¿Cuáles son las cosas que te gustan de ti mismo, y cómo compartes ese amor con los demás? ¿Cocinas galletas para tus amigos o recoges flores para tu mamá?

P. Estos chicos han preparado un puesto de ventas para recolectar fondos para el refugio de animales. ¿Qué ideas se te ocurren para ayudar, y qué puedes hacer para compartirlas con los demás?

P. Algunas personas sienten que un Espíritu amoroso está siempre cerca de ellas. Algunos lo sienten cuando van a la iglesia, a un templo o cuando están en la naturaleza. ¿Sientes este misterioso amor que nos conecta a todos? ¿En dónde?

Esperamos que haya disfrutado este libro de Hay House.
Si desea recibir un catálogo gratis con todos los libros y productos de Hay House, o si desea mayor información acerca de la Fundación Hay, por favor, contáctenos a:

Hay House, Inc.
P.O. Box 5100
Carlsbad, CA 92018-5100

(760) 431-7695 ó (800) 654-5126
(760) 431-6948 (fax) ó (800) 650-5115 (fax)
www.hayhouse.com®

Sintonice HayHouseRadio.com® y encontrará los mejores programas de radio sobre charlas espirituales con los autores más destacados de Hay House. Si desea recibir nuestra revista electrónica, puede solicitarla por medio de la página de Internet de Hay House, de esta forma se mantiene informado acerca de las últimas novedades de sus autores favoritos. Recibirá anuncios bimensuales acerca de: Descuentos y ofertas, eventos especiales, detalles de los productos, extractos gratis de los libros, concursos y ¡mucho más!

www.hayhouse.com®